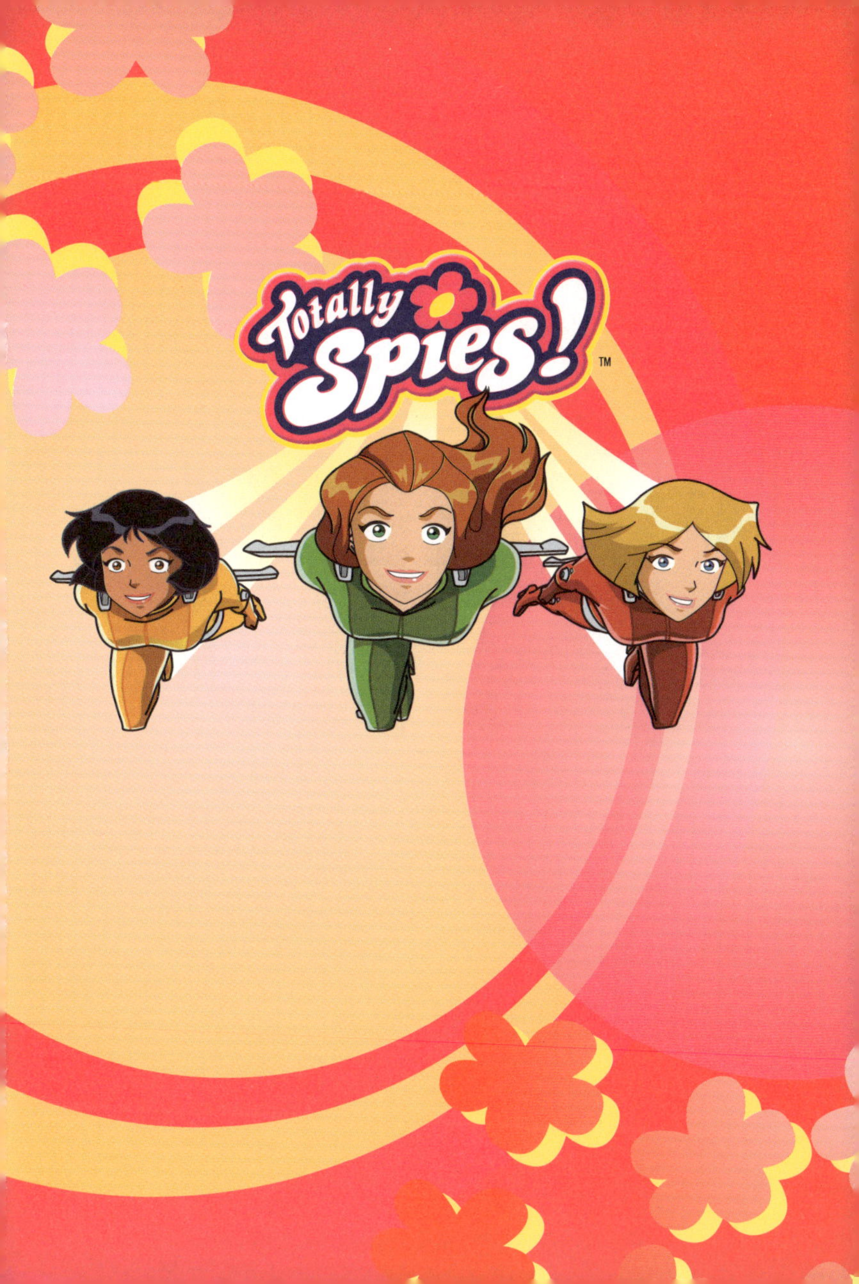
Totally Spies!™

RETROUVEZ Totally Spies!™

DANS LA BIBLIOTHÈQUE ROSE

Série créée par Vincent Chalvon-Demersay, David Michel & Stéphane Berry.
D'après un scénario original de : Rhonda Smiley.


Novélisation : Vanessa Rubio.
Conception graphique du roman : François Hacker.

Hachette Livre, 43, quai de Grenelle, 75015 Paris.

# Totally Spies!™

# Panique au WOOHP

**Nom de code :**
Sammie, pour les intimes
**Look :** des robes, des fleurs… des robes à fleurs !
**Passion :** les livres, encyclopédies et dicos en tout genre
**Arme secrète :** son cerveau (c'est une tête !)
**La phrase qui tue :** « Bizarre, bizarre… »

**Nom de code :**
Petite sœur
**Look :** sportive, mais toujours à la mode
**Passion :** les arts martiaux
**Arme secrète :** sa gentillesse (et aussi son coup de pied retourné imparable)
**La phrase qui tue :** « Spies pour une, toutes pour les Spies ! »

Totally Spies!™

Clover

**Nom de code :** la Tueuse (de garçons, bien sûr)

**Look :** toujours à la pointe de la mode

**Passion :** le shopping… (et les garçons, bien sûr)

**Arme secrète :** son charme irrésistible

**La phrase qui tue :** « Il faut que je trouve une tenue pour samedi. »

## Jerry

**Nom de code :** notre chef bien-aimé
**Look :** hum… Costume, cravate, moustache (une catastrophe !)
**Passion :** les Spies
**Arme secrète :** sa moustache ?
**La phrase qui tue :** « Un peu de sérieux, les filles. »

## Gladis

**Nom de code :** Gadget, Location, Assistance, Dépannage à Intelligence Synthétique (comprenne qui pourra !)
**Look :** métallique (avec des boutons qui clignotent, attention !)
**Passion :** la robotique, évidemment
**Arme secrète :** des bras articulés qui surgissent quand on s'y attend le moins
**La phrase qui tue :** « Pour cette mission, vous serez équipées d'un système anti-gravitationnel à neutrons auto-propulsé… »

Bonjour, **mon nom est Sam**. Sam Parfaite. Je plaisante ! C'est un pseudo, car je ne suis pas une lycéenne ordinaire. Comme tout le monde, je vais en cours, au ciné, au centre commercial... mais, à tout moment, je peux être expédiée en mission au pôle Nord, en Australie ou dans l'Himalaya, bref n'importe où sur la planète. Je suis un agent secret travaillant pour le WOOHP, l'organisation mondiale de protection des humains. Avec mes deux collègues (et néanmoins amies), Alex la rigolote et Clover la collectionneuse de garçons, nous formons un trio d'espionnes unique en son genre : les Totally Spies. Jerry, notre chef, nous fait toute confiance pour sauver le monde des dangers qui le menacent. Bien sûr, vous allez très vite le constater, je suis le cerveau du groupe. Sans me vanter, c'est toujours moi qui démêle les situations les plus compliquées. D'ailleurs, à Noël dernier, j'ai carrément sauvé le WOOHP. Oui, rien que ça !

# Chapitre 1

## 15 h 27

## Centre commercial de Beverly Hills

Pas de cours, pas de mission… C'était la journée rêvée pour pratiquer notre activité favorite : le shopping ! En plus, Noël est la période idéale pour faire les boutiques, tout est décoré, les guirlandes clignotent, les boules scintillent, il y a des sapins partout !

— Ah, j'adore Noël, s'est extasiée Clover. Les vitrines bien garnies, les vendeurs qui sourient, des paquets, des rubans, des montagnes de cadeaux…

Je me suis écartée de mes amies un instant afin de déposer une pièce dans la petite marmite du père Noël qui faisait la quête pour les enfants malades.

— Tu oublies un petit détail, Clo, ai-je déclaré en revenant. Noël, c'est aussi donner, et pas seulement recevoir.

Vu son air exaspéré, elle n'avait pas vraiment apprécié ma leçon de morale. Mais j'avais raison, quand même, non ?

Clover a continué à baver devant les vitrines, photographiant tout et n'importe quoi avec son téléphone portable.

— Qu'est-ce que tu fabriques ? s'est étonnée Alex. Un reportage ?

— Non, je prépare ma liste de cadeaux pour mes parents !

Brusquement, elle s'est figée, les yeux rivés sur une paire de bottes, comme si c'était la huitième merveille du monde.

— Qu'est-ce que c'est ? a demandé

innocemment Alex. Des bottes de sept lieues ?

— Non, ce sont des Yves Monbleu, le dernier chic en matière de chaussures. Je les veux !

Et elle s'est ruée dans la boutique.

Mais une voix a grincé derrière elle :

— Trop tard, Clover. Ma mère est en train de m'acheter la dernière paire.

Mandy ! Son ennemie jurée, celle qui copie ses tenues et lui vole ses petits copains.

Clover était aussi verte qu'un sapin de Noël !

— Pas question ! a-t-elle crié. Je paierai le double du prix.

Et elle s'est jetée sur les bottes. Mandy a tenté de les lui arracher.

Elles se sont battues comme des chiffonnières.

— Hé, ho, Clover ! suis-je intervenue. Tu crois que ça vaut vraiment la peine de te casser un ongle pour une vulgaire paire de bottes ?

— Ce n'est pas une vulgaire paire de bottes, ce sont des Yves

Monbleu ! a-t-elle hurlé, hystérique.

La mère de Mandy s'est alors approchée, son téléphone portable vissé à l'oreille.

— Ne t'en fais pas, ma chérie, je viens de racheter tous les magasins de la marque. Toutes leurs chaussures sont à toi.

— Oh, merci, maman !

Mandy s'est jetée à son cou. C'était écœurant.

— Rien n'est trop beau pour toi, ma puce.

Ma puce ? Ma grosse araignée, oui !

Et elles sont parties bras dessus, bras dessous, en nous lançant un très agaçant :

— JOYEUX NOËL !

Clover trépignait sur place.

— Je les aurai, ces bottes ! Même si je dois kidnapper Yves Monbleu en personne pour qu'il m'en fabrique une paire !

— Souviens-toi, Clo : c'est Noël, période de paix et d'amour ! lui ai-je rappelé.

Alors que nous sortions de la boutique en traînant derrière nous une Clover boudeuse, notre compoudrier a vibré. Nous sommes vite allées nous cacher derrière un immense sapin. Jerry, notre grand chef, est apparu en hologramme avec un bonnet de père Noël sur la tête.

— Bonjour, les filles ! J'ai le plaisir de vous annoncer que vous êtes cordialement invitées au réveillon du WOOHP, ce soir.

— Euh, merci, Jerry, a bafouillé Alex. Dommage, on a encore des millions de courses à faire.

— Désolé, mesdemoiselles, mais votre présence est obligatoire. J'ai besoin de vous sans plus attendre pour une petite mission éclair.

— Une mission ? À Noël ? me suis-je étonnée.

— Enfin, Jerry, on n'a pas fini d'acheter nos cadeaux ! a protesté Alex.

— Je ne suis même pas en tenue de soirée ! a râlé Clover.

Mais Jerry ne nous écoutait plus, il a appuyé sur un gros bouton rouge et… aaaaaaah ! nous sommes tombées dans le vide.

# Chapitre 2

16 h 50

## QG du WOOHP

Le réseau souterrain du WOOHP nous a recrachées pêle-mêle sur la banquette du bureau de Jerry, avec tous nos sacs et nos paquets.

Notre chef bien-aimé a essayé de nous amadouer en nous tendant des sucettes. J'étais furieuse.

— Jerry, franchement, que peut-il y avoir de plus important au monde que la course aux cadeaux de dernière minute ? me suis-je indignée.

— La décoration de mon bureau pour la fête de fin d'année, tiens !

Je l'aurais étranglé. En plus, il était ridicule avec son bonnet de père Noël, lui qui ne porte que des costumes gris souris.

— C'en est trop, a décrété Clover. Je vais rapporter votre cadeau au magasin et me faire rembourser. Enfin, dès que je l'aurais acheté.

— Du calme, du calme. N'oubliez pas que Noël, c'est fait pour donner, pas pour recevoir. À propos de donner, Gladis, veuillez équiper ces demoiselles.

L'assistante robotique de Jerry a déplié ses bras articulés pour nous tendre… non pas de superbes gadgets de haute technologie, comme d'habitude, mais un attirail complet de nettoyage.

— **Seaux, balais, détergent !**

— Jerry, je n'ai pas le temps de jouer à la petite ménagère ! a protesté Clover. Il faut que j'achète mes super bottes tendance Yves Monbleu.

Jerry a secoué la tête.

— Allons, allons, ce ne serait pas très raisonnable. Vous risqueriez de les abîmer en faisant le ménage, Clover !

Nous avons donc dû épousseter, balayer, récurer, puis décorer le sapin, suspendre les boules, accrocher les guirlandes... Et deux heures plus tard, tous les agents du WOOHP étaient réunis au QG, une coupe de champagne à la main.

La fête battait son plein.

Mais autant vous dire qu'on ne s'amusait pas tellement. Car Jerry avait eu la génialissime idée de nous déguiser en mères Noël. Si,

si : petite robe rouge bordée de fourrure blanche, bottes assorties et, bien sûr, le célèbre bonnet rouge et blanc à pompon. D'ailleurs, tous les espions du WOOHP en étaient affublés. Avec leurs smokings et leurs lunettes noires, c'était grotesque.

— Oh… j'ignore ce qui est le plus affligeant, ai-je soupiré, cette fête lamentable ou ces déguisements ridicules.

Clover a secoué la tête.

— C'est trop la honte. Personne n'a prévenu Jerry que le rouge n'était pas du tout à la mode cette année !

— Et surtout personne ne lui a dit que le but d'une fête, c'est de s'amuser, pas de parler stratégie d'espionnage ! a grogné Alex.

Jerry racontait ses vieux souvenirs de mission, les autres acquiesçaient poliment, c'était d'un rasoir !

— … Je me rappelle à Noël 76, nous étions en mission en Finlande. J'étais déguisé en lutin et mon coéquipier en renne. Personne ne pouvait nous reconnaître. Ha, ha, ha, c'était le bon temps !

— Là, ça tourne au cauchemar. Je suis coincée ici, jamais je ne trouverai mes bottes ! a sangloté Clover.

La grosse tête de robot de Gladis est alors descendue vers nous.

— **Puis-je vous être utile à quelque chose, agent Clover ?**

Le regard de mon amie s'est éclairé.

— Oui, Gladis, pouvez-vous me dire où je pourrais trouver des bottes Yves Monbleu ?

Les voyants du robot se sont mis à clignoter.

— **Affirmatif. Je lance la recherche. Cela prendra quelques minutes...**

— Bon, en attendant, moi, je vais me resservir un verre de jus de raisin, a ronchonné Alex. Oh... ah... oups...

La bouteille de jus de fruits lui a échappé des mains et tout son contenu s'est renversé sur Gladis.

— Que je suis maladroite, a-t-elle bafouillé. Désolée, Gladis.

Le robot clignotait de partout en émettant des bips désespérés.

Jerry est accouru, affolé.

— Qu'est-ce qui se passe ?

— Alex a renversé son jus de raisin sur Gladis, ai-je expliqué.

Le robot continuait à clignoter et à biper de façon complètement désordonnée.

— Alors ça, c'est vraiment pas de chance, a gémi Clover. Elle était sur le point de me donner l'information la plus capitale de tous les temps.

— **Bip... Biiip... Baaap... Booop !**

— Mais c'est terriblement ennuyeux ! Comment vais-je me débrouiller sans Gladis ?

Jerry était en sueur, il s'est essuyé le front d'un revers de main. C'était la première fois que je le voyais aussi paniqué.

— Ouh là là, elle n'a vraiment pas l'air bien. Qu'est-ce qu'on va faire ?

# Chapitre 3

19 h 47

## QG du WOOHP

Soudain, les bips sont devenus plus harmonieux pour jouer une petite musique joyeuse, et Gladis s'est mise à chanter de sa douce voix de robot :

— Petit papa Noël, quand tu descendras du ciel avec... mon beau sapin, roi des forêts... ô douce nuit !

Et tout en chantonnant, elle a entrepris de décorer les agents du WOOHP avec des guirlandes et des boules.

— Ah, je me sens beaucoup moins ridicule, maintenant, ai-je pouffé.

Mais Jerry ne rigolait pas du tout.

Elle lui avait attaché un gros nœud rouge autour du poignet… avec un joli petit grelot doré.

— Arrêtez cette mascarade tout de suite, Gladis, je vous l'ordonne, a-t-il tonné.

— **Négatif, Jerry. C'est moi qui donne les ordres à présent.**

Jerry a failli s'étouffer dans sa moustache. Il était aussi rouge que son bonnet de père Noël.

— Mais je suis le patron de cette organisation ! Le WOOHP m'appartient… je…

— **Désolée, maintenant, c'est moi qui commande,** a affirmé Gladis.

Et pour le prouver, elle a ordonné la fermeture des portes.

C'était la panique totale. Les espions essayaient de s'enfuir, tentaient de forcer les portes coulissantes mais en vain, le robot avait verrouillé toutes les issues.

— On ne peut pas sortir !

— Nous sommes pris au piège !

Je m'amusais comme une petite folle à regarder tous ces agents secrets ultra-expérimentés perdre totalement leur sang-froid.

— Génial ! On se croirait dans

un film d'horreur : « L'Ordinateur de malheur… »

Jerry m'a interrompue :

— Cessez donc de dire des bêtises et venez m'aider, Sam. Vous vous y connaissez en programmation.

Bien sûr que je m'y connaissais, mais Gladis dirigeait tout le système.

Jerry s'est mis à pianoter comme un fou sur sa console pour tenter de reprendre le contrôle du robot.

— **Commandes bloquées. Verrouillage du clavier.**

J'ai secoué la tête.

— Il n'y a rien à faire. Gladis contrôle tout.

Jerry a froncé les sourcils.

— Oh, mais si ! Il y a quelque chose à faire. Je ne vais pas me laisser embêter par une boîte de conserve rouillée. Aux grands maux, les grands remèdes ! Je vais la déconnecter !

Mais il avait à peine fini sa phrase, que Gladis l'a soulevé de terre avec ses deux longs bras articulés.

— **Vous allez devoir trouver autre chose, Jerry.**

— Au secours, lâchez-moi ! Sam, pistolet laser, tiroir du haut ! Elle ne nous laisse pas le choix.

J'ai saisi l'arme et j'ai mis Gladis en joue. Mais je ne savais pas quoi viser.

— Euh, Jerry, où est son processeur, au juste ?

Le robot a pris un ton de reproche :

— **Sam ! Ça alors, vous aussi, vous me feriez du mal ? Sachez que je ne laisserai personne m'arrêter !**

Et elle s'est mise à nous bombarder : agrafes, punaises, blocs de papier, crayons affûtés, cutters, paires de ciseaux, tout le matériel de bureau y passait !

Ça commençait à devenir dangereux. Clover a tiré dans une vitre avec le pistolet laser et les agents du WOOHP se sont rués dehors.

— Que tout le monde quitte le bâtiment, vite ! a ordonné Jerry du haut de son perchoir.

— On ne partira pas sans vous, Jerry ! a protesté Alex.

Armées de balais et de brosses, nous avons attaqué les bras articulés de Gladis jusqu'à ce qu'elle lâche prise.

Puis nous avons aidé notre grand chef à se relever et nous avons pris nos jambes à nos cous, aussi vite que nous le permettaient ces ridicules bottes de mère Noël.

Heureusement grâce à la fonction relookage express du compoudrier, nous avons vite enfilé une tenue plus adaptée. Alors que nous courions dans les couloirs du WOOHP, la voix de Gladis a retenti :

— À quoi bon fuir ? Vous ne pouvez pas m'échapper !

J'en avais la chair de poule sous ma combinaison de Spies.

# Chapitre 4

20 h 23

## QG du WOOHP, dans un placard à balais

Gladis nous tenait à sa merci. Les dalles du plafond s'écroulaient sur nos têtes, les ampoules électriques explosaient sur notre passage, c'était un vrai chaos. Nous avons dû trouver refuge… dans un placard à balais.

— Bien, le local d'entretien est blindé au titane, et il n'est pas

équipé de caméras de surveillance. Nous sommes donc à l'abri, nous allons pouvoir faire le point, a haleté Jerry en s'asseyant entre deux seaux d'eau savonneuse.

Alex s'est fait une petite place à côté de l'aspirateur.

— Tout est de ma faute, je suis désolée !

— Mais non, Alex, vous n'y êtes pour rien..., a tenté de la rassurer Jerry.

Je me suis caressé le menton. J'aime bien faire ça, ça m'aide à me concentrer. Tous les grands détectives ont un truc dans ce genre pour stimuler la réflexion, moi, c'est le menton. Enfin, bref…

— Bon, d'accord, Alex lui a renversé du jus de fruits dessus, ça a sans doute endommagé ses circuits. Mais ça n'explique pas pourquoi Gladis a brusquement changé de comportement.

— Oui, elle était toute sympa, elle allait me dire où trouver mes bottes et, soudain, elle s'est transformée en Gladisator, la terreur des ordinateurs !

— Elle ne supporte peut-être plus d'être une simple assistante, a suggéré Alex.

J'ai haussé les épaules.

— Ne sois pas ridicule, enfin ! Gladis est un robot, elle n'éprouve aucun sentiment.

Jerry a baissé la tête, accablé.

— C'est de ma faute si Gladis est devenue folle, je lui ai téléchargé les facultés intellectuelles du Cerveau, le plus génial, mais aussi le plus redoutable criminel de tous les temps.

Alex a bredouillé :

— Q-quoi ? Elle a le cerveau d'un maniaque ?

— Oui, un vrai fou dangereux, a acquiescé Jerry. Il a failli précipiter la planète entière dans une guerre nucléaire. J'avais pris soin de désactiver ses tendances criminelles, mais visiblement, cela n'a pas fonctionné.

— Il a forcément un point faible ! me suis-je exclamée. Tout le monde en a un. Si on le découvre, on saura comment neutraliser Gladis.

— Par chance, il purge sa peine dans la prison du WOOHP. Une petite visite s'impose, mesdemoiselles, a annoncé Jerry.

Alex a toussoté.

— Hum, vous semblez tous avoir

oublié qu'on s'est réfugiés ici parce que Gladis contrôle tout le bâtiment.

Jerry a pris un air rusé.

— Bien au contraire ! Ce qui m'amène au moment tant attendu : la distribution des cadeaux !

Il a tiré un petit paquet de la poche de son veston.

— Moi d'abord, moi d'abord ! a

supplié Clover en saisissant l'objet emballé dans du papier rose.

Elle a arraché le ruban comme une gamine surexcitée.

En découvrant un flacon de produit à bulles, elle a eu l'air un peu déçue.

— Euh, Jerry ? Vous êtes au courant qu'on n'est plus à la maternelle ?

— Il s'agit d'un super souffleur d'écran à bulles invisibles. Il suffit qu'on se glisse chacun à l'intérieur d'une bulle et aucun système de détection ne pourra nous repérer.

Ah, Jerry nous étonnera toujours avec ses gadgets ! Nous avons donc quitté le placard à balais incognito, à l'abri dans nos bulles géantes. C'était très amusant comme sensation.

Effectivement, nous pouvions enfin marcher tranquillement dans les couloirs. Ni les caméras, ni les capteurs de Gladis ne détectaient notre présence.

Malheureusement, cette gourmande d'Alex a voulu s'arrêter au distributeur pour s'acheter un petit snack.

— J'ai faim, avec tout ça, on n'a

pas eu le temps de manger la dinde de Noël !

J'ai voulu l'en empêcher :

— Non, Alex, ne fais pas…

Trop tard ! En appuyant sur la touche pour sélectionner sa barre chocolatée, elle a percé sa bulle. Aussitôt, sur les ordres de Gladis, le distributeur s'est déchaîné et nous a bombardées de confiseries. Bonbons, chocolats, biscuits, chewing-gums et paquets de chips volaient dans tous les sens.

— Aïe ! Ça fait mal un Crocomiel en pleine tête, a gémi Alex.

— La gourmandise est un vilain défaut, ai-je déclaré sentencieusement avant de prendre la fuite.

La voix de Gladis a alors retenti :

— **Pourquoi essayer de vous**

**échapper ? D'après mes calculs, vos chances sont de 0,0000001 % !**

— Tant qu'il y a de la vie, y a de l'espoir, a répliqué Clover en détalant.

Cette fois, nous avons trouvé refuge dans un ascenseur. Mais Gladis nous a repérés grâce à la caméra de surveillance.

— **Vous jouez aux échecs comme un débutant, Jerry. C'est moi qui contrôle cet engin, bien entendu !**

Et elle a bloqué l'ascenseur entre deux étages. Nous étions coincés ! En plus, il commençait à tanguer dangereusement. Il y a eu un grincement sinistre. Gladis tentait de décrocher la cabine pour nous larguer dans le vide !

Jerry a jeté sa veste sur la caméra pour qu'elle ne puisse plus nous espionner.

— La partie n'est pas encore terminée, Gladis. Bon, revenons à nos cadeaux.

Il a sorti un écrin de sa poche.

Clover s'est approchée comme une mouche curieuse.

— Qu'est-ce que c'est ?

Lorsqu'elle a ouvert la boîte, ses

yeux ont étincelé. Il s'agissait d'une bague ornée d'une énorme pierre précieuse violette brillant de mille feux.

— C'est une pure merveille, Jerrydounet ! Elle ira parfaitement avec ma robe fuchsia.

— Hum, pourrions-nous sauver nos vies, en attendant ? a-t-il suggéré.

J'ai tapoté contre une paroi.

— Qu'est-ce qu'il y a derrière, Jerry ?

— Un conduit d'aération blindé en titane, mais la perfobague devrait en venir à bout.

Munie du bijou, j'ai donc découpé un grand cercle dans la paroi de métal. Génial ! Il n'y avait plus qu'à se faufiler hors de l'ascenseur et nous pourrions rejoindre la prison du WOOHP par le réseau de ventilation !

Vive Noël ! Vive les cadeaux ! Vive les gadgets !

# Chapitre 5

21h15

## Centre de détention du WOOHP

Vous me croirez si vous voulez, mais la prison du WOOHP était décorée pour Noël avec des guirlandes, des boules, des branches de sapin et des gros nœuds partout. Sur les murs gris et les barreaux de fer, ça faisait un peu bizarre, si vous voulez mon avis, mais bon…

Jerry nous a conduites jusqu'à la cellule du fameux Cerveau. Étant moi-même ce qu'on appelle un « cerveau », j'avais hâte de rencontrer l'individu qui méritait ce surnom.

Et je n'ai pas été déçue… sauf que, personnellement, je l'aurais plutôt baptisé le Dingue !

C'était un tout petit bonhomme chauve et trapu avec des yeux brillants à la fois d'intelligence et de folie !

— Quelle délicate attention ! a-t-il grincé. Je n'avais pas reçu de visite depuis Noël dernier. Vous m'excuserez, mais comme je suis attaché en permanence, je n'ai pas pu faire des emplettes à mettre sous le sapin.

Alex s'est penchée vers lui.

— Ça alors, vous avez pourtant l'air sympa ! Qu'est-ce qui vous a pris de vouloir déclencher une guerre ?

— J'ai tenté de désarmer les nations dans le seul but de garantir la paix dans le monde, mais personne ne m'a écouté…

— Et donc la guerre nucléaire

vous a semblé la meilleure solution, ai-je complété. Vous m'excuserez, mais ce n'est pas très logique !

— Je sais, mais disons que j'ai un tout petit problème... je suis fou à lier !

Clover a fait la grimace.

— Nous voilà bien. En plus, il n'a même pas touché à son repas de Noël, a-t-elle constaté en regardant son plateau.

— Heureusement pour vous, malheureuse ! La dinde est nappée d'une sauce au raisin et, voyez-vous, je suis extrêmement allergique à ce fruit. Ça me rend encore plus fou que d'habitude.

Alex s'est frappé le front.

— Bien sûr ! C'est du jus de raisin que j'ai renversé sur Gladis.

— Elle doit souffrir de la même allergie, c'est ce qui a activé son côté obscur ! ai-je conclu.

Soudain une sirène a retenti dans tout le WOOHP.

— **Cette alarme indique juste que deux missiles viennent d'être lancés. Échec et mat, Jerry !**

— Elle veut déclencher une guerre mondiale comme le

Cerveau avant elle ! me suis-je écriée. Il faut absolument l'arrêter.

— Vous n'avez aucune chance, a décrété le prisonnier. Moi, oui, je connais son mode de fonctionnement, puisque c'est aussi le mien ! Ha, ha, ha ! (Il avait l'air de trouver ça très drôle, nous pas vraiment.) Si vous m'accordez une remise de peine d'au moins cinq cents ans, je vous aiderai à chasser le côté obscur du cerveau de votre assistante.

— Ce n'est pas dans les habitudes du WOOHP, mais dans les circonstances actuelles, je suppose que euh…, a bafouillé Jerry.

— Attendez, vous devez vous y connaître en contrebande, l'a coupé Clover. Alors en plus de réparer Gladis, vous me trouvez une paire de bottes Yves Monbleu, et le marché est conclu !

— Bon, va pour la remise de peine, a soupiré Jerry, en détachant le Cerveau. Après tout, vous êtes notre seul espoir.

— Bien, a fait le fou furieux en se frottant les poignets, la première chose qu'il me faut, c'est un jet.

# Chapitre 6

21h56

# Salle de lancement du WOOHP

Nous l'avons donc conduit dans le hangar du WOOHP.

— Je vais me servir du jet pour intercepter les missiles. Ensuite, je les désactiverai avant qu'ils n'atteignent leur cible, a-t-il annoncé.

— J'ai une bien meilleure idée, ai-je répliqué. Le fou génial reste au QG et je prends les commandes du jet avec Clover.

— Et comment désactiverez-vous les missiles ?

— Grâce à votre troisième cadeau de Noël, est intervenu Jerry en tirant une sorte de console de jeux de sa poche. Le mini ordipocket codeur décodeur. Il intercepte les programmes informatiques à distance. Il n'est pas assez puissant

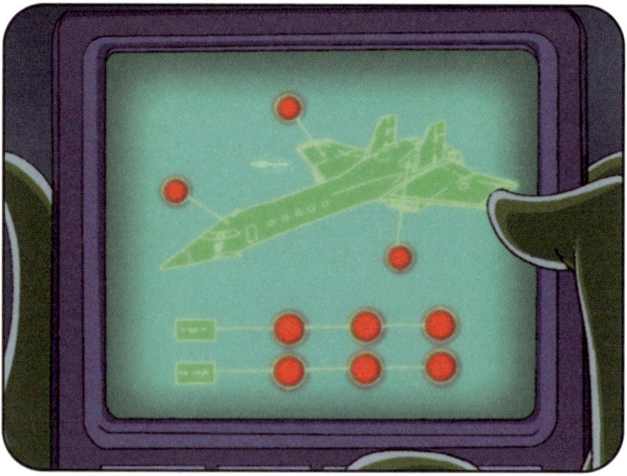

pour neutraliser Gladis mais ça devrait suffire pour les missiles.

Le Cerveau était vert de rage, mais c'était mon cadeau de Noël, et je ne suis pas prêteuse.

J'ai tout de suite appuyé sur deux ou trois touches.

— Et hop ! Je désactive l'émetteur-récepteur du jet pour qu'il échappe au contrôle de Gladis !

C'était vraiment un jeu d'enfant !

Gladis a essayé de nous viser avec des rayons, mais notre entraînement spécial de Spies nous a appris à esquiver les attaques et, en souplesse, nous nous sommes glissées à l'intérieur de l'avion.

— Bon voyage, les filles ! nous a lancé Alex avec un petit signe de la main. Pendant ce temps, on va essayer de réparer Gladis.

— Ça, je sais le faire, s'est vanté le nabot fou. Il suffit d'agir sur les composants électro…

Je n'ai pas entendu le reste de son charabia parce que nous avons décollé. Nous sommes sorties au beau milieu d'Hollywood. Eh oui, la rampe de lancement du WOOHP est cachée à l'intérieur de la célèbre colline. La classe, non ?

— Attention, voilà les stars de

l'espionnage ! a claironné Clover.

Tandis qu'elle tenait les commandes, je m'activais sur l'ordipocket, c'était exactement comme jouer à un jeu électronique. Il fallait du doigté, de la précision, de la rapidité, qualités que je possède, bien entendu…

— Bingo, premier missile désactivé !

Après les avoir désarmés, j'ai reprogrammé les missiles pour qu'ils abandonnent leur course et aillent se poser en plein désert, sans causer de dégâts. C'était un travail de longue haleine, et Gladis ne cessait d'accélérer le rythme. Elle envoyait de plus en plus de bombes en nous narguant :

— **Votre fin est imminente, mesdemoiselles !**

Cramponnée aux manettes, Clover slalomait entre les missiles, tandis que je pianotais comme une folle sur mon ordipocket afin de les désactiver un à un.

— Les missiles de Gladis se rapprochent dangereusement, m'a informée Clover, le front en sueur.

J'ai ouvert mon com-poudrier pour demander aux autres de se presser un peu :

— Sam à QG, Sam à QG. Qu'est-ce que vous fabriquez ? Je croyais que vous deviez réparer Gladis !

En hologramme, j'ai alors vu la fine équipe rassemblée autour du processeur central, le cerveau de Gladis en quelque sorte.

— Magnifique ! s'est exclamé le fou, tout excité à la vue des circuits électroniques. Bien, le rapport

logarithmique acide-base a dépassé sa valeur nominative de 4, ce qui indique une réaction allergique…

— En langage clair, ça veut dire quoi ? a demandé Alex.

— Gladis est devenue malfaisante à cause des acides contenus dans le jus de raisin…

— Ça, nous le savions déjà, l'a

coupé Jerry. Mais concrètement qu'est-ce qu'on fait ?

— Il va falloir nettoyer son métabolisme afin de soigner son allergie, a décrété le Cerveau.

Jerry s'est caressé la moustache en s'exclamant :

— Du génie à l'état pur ! Et pour le laver, on s'y prend comment ?

— J'ai ce qu'il faut ! a annoncé Alex en sortant une bouteille en plastique de sa poche. Du détergent Touprop ! Gladis me l'a donné tout à l'heure parce qu'on n'en avait plus à la maison et…

Le Cerveau dérangé la lui a arrachée des mains.

— Très bien, très bien, pressons ! Ce sera absolument sans douleur, a-t-il promis en débouchant la bouteille.

— Qu'est-ce que tu fais, Cerveau ? s'est inquiétée Gladis. Ne me trahis pas. Nous ne sommes qu'un, toi et moi !

Mais il a versé le produit sur le processeur. Il a émis un petit grésillement, quelques étincelles, puis Gladis s'est remise à biper, à clignoter de plus belle.

— Où te caches-tu, Cerveau ? Réponds-moi ? Je ne vois plus rien!

— Oh, je suis vraiment trop sensible, j'ai presque pitié d'elle, a murmuré Alex.

— Ne vous inquiétez pas, c'est pour son bien, a assuré Jerry.

La lumière a vacillé dans les couloirs du WOOHP, comme s'il y avait une baisse de tension.

— Oh, qu'est-ce qui se passe ? a gémi Alex. Elle est en train de mourir ?

— Mais non, elle va aller mieux dans un instant, a affirmé le Cerveau. Le temps que son organisme de robot élimine les déchets toxiques.

— Regardez, elle s'éteint, elle ne bouge plus ! a crié Alex. Qu'est-ce qui se passe chez vous, Sam ?

— Eh bien, je crois que Gladis abandonne la partie !

Effectivement, de notre côté, tout rentrait petit à petit dans l'ordre. Un à un, les missiles faisaient demi-tour pour regagner la base.

— Ouf, on peut dire qu'on a eu chaud ! me suis-je exclamée. À tout de suite, les amis, on rentre au WOOHP, ai-je lancé avant de couper la communication.

Mais alors que nous survolions la

ville en direction du QG, soudain, Clover s'est mise à hurler :

— Waouh ! Ça alors ! Sam, regarde par la fenêtre !

— Qu'est-ce qu'il y a ? Tu as vu le père Noël ? Fais attention de ne pas l'écraser, hein !

— Non, c'est encore mieux que le père Noël. Ce sont des bottes Yves Monbleu !

Elle a vraiment une bonne vue. En plissant les yeux, j'ai aperçu une fille qui marchait sur l'avenue, avec des bottes à talons. Avant que j'aie pu réagir, Clover a amorcé la descente pour se poser en pleine rue, au cœur de Los Angeles !

— Mais qu'est-ce que tu fais ? ai-je protesté. Elles sont déjà aux pieds de quelqu'un !

— T'occupe, j'ai un plan.

Elle est descendue du jet en prenant un air sévère et a annoncé d'un ton sans réplique :

— Sécurité nationale ! J'ai ordre de réquisitionner vos bottes au nom de la raison d'État.

La pauvre fille n'a même pas eu le temps de dire « ouf ! ». Elle s'est retrouvée pieds nus au beau milieu du trottoir sans même comprendre ce qui lui arrivait.

— Votre pays vous remercie ! lui a lancé Clover en remontant dans le jet, les bottes tant convoitées à la main.

Le temps que la fille réalise ce qui venait de se passer, nous étions déjà haut dans le ciel, et Clover avait enfilé les fameuses bottes. (D'ailleurs, si je puis me permettre, ça n'allait pas très bien avec sa combinaison.)

Sacrée Clover, elle ferait vraiment n'importe quoi pour un accessoire à la mode ! Parfois, elle me fait presque peur…

## Chapitre 7

22 h 34

# En plein ciel, au-dessus de Los Angeles

Mais nous n'étions pas au bout de nos surprises. Alors que nous étions sur le chemin du WOOHP, nous avons reçu un appel de détresse.

— Alex ? Qu'est-ce qui se passe ?

— Sam, Clover, méfiez-vous, le Cerveau a pris le contrôle du

WOOHP ! Il veut lancer tous les missiles en même temps pour devenir le maître de la Terre… Vous voyez le genre.

— Oh non, c'est pas vrai ! Comment c'est arrivé ?

Jerry a bafouillé d'un air gêné :

— Eh bien, alors que je lui serrais la main pour le remercier de sa collaboration, il en a profité

pour nous passer les menottes au poignet !

— On va essayer de l'arrêter mais ça ne va pas être facile parce que nous sommes enchaînés l'un à l'autre, a conclu piteusement Alex.

— Ah, vraiment ! s'est exclamée Clover, furieuse. Les criminels n'ont pas de parole !

— Attention, Clover ! ai-je soudain hurlé. Un missile fonce sur nous !

Et le parcours d'obstacles a recommencé.

J'ai tenté de les désactiver avec mon ordipocket.

— Il y en a beaucoup trop, je ne tiendrai jamais la cadence.

Jerry nous a encouragées :

— Accrochez-vous, les filles ! Continuez de désarmer autant de missiles que possible. Nous allons nous charger du Cerveau.

— D'accord, mais dépêchez vous !!!

— Ce gars est vraiment fou à lier ! ai-je soupiré. Regarde, il y a des missiles partout.

Clover gardait les yeux rivés droit devant, slalomant pour éviter les tirs.

— Moi, après cette mission, je m'offre des vacances à Paris pour étrenner mes nouvelles bottes Yves Monbleu.

— Hum… si Paris existe encore.

Pendant ce temps, Jerry et Alex avaient réussi à se libérer des menottes grâce au kit de manucure qu'Alex a toujours dans sa poche. Comme quoi, ça sert d'être coquette !

Elle s'est faufilée sans un bruit derrière le fou dangereux et l'a surpris au poste de commande du WOOHP.

— Allez, c'est fini, monsieur le Cerveau, rendez-vous !

— Pas question, je ne veux pas retourner en prison, je suis le maître du moooonde !

Et il lui a sauté sur le dos, le petit

roquet. Il se cramponnait à son cou en l'étranglant.

— Bas les pattes, sale bête !

Elle s'est jetée contre un mur pour le prendre en sandwich et l'écrabouiller. Il est tombé à terre, à demi assommé, mais il continuait à se débattre. Coriace, le Cerveau !

Il a tenté de lui donner un coup de poing, mais il est tellement petit qu'Alex l'a maintenu au sol d'une seule main en appuyant sur son gros crâne chauve.

Jerry est arrivé avec un grand filet et hop, il a capturé cette petite bestiole teigneuse.

— Je vous remercie, monsieur le Cerveau, a dit notre chef, votre plan a fonctionné. Gladis est de nouveau en état de marche et elle a retrouvé son humeur charmante.

Nous allons de ce pas lui demander de vous reprogrammer pour effacer toutes vos pulsions négatives.

— Ooooh non, pas ça ! Je ne veux pas ! Je suis fou et je veux le rester !

Ils l'ont sanglé sur un gros fauteuil avec un énorme casque sur la tête et des électrodes partout.

— Reprogrammage activé, vous

allez devenir doux comme un agneau, monsieur le Cerveau, a annoncé Gladis de sa voix mélodieuse.

Mais nous, dans notre jet, nous étions toujours au milieu d'une pluie de missiles.

— Sam à QG, Sam à QG ! Hé, ho, vous nous avez oubliés ou quoi ?

— Non, non, bien sûr, a bégayé

Jerry, mais comment désarmer les missiles ?

— **J'ai une idée,** est intervenue Gladis. **Nous pourrions reprogrammer les missiles pour qu'ils se détruisent mutuellement.**

Le Cerveau trépignait dans son fauteuil.

— Oh, non, c'est pas juste ! Elle me vole toutes mes idées !!!

Aussitôt, les missiles ont changé de trajectoire et ont explosé les uns contre les autres en plein ciel, dans un véritable feu d'artifice.

Clover et moi, nous étions aux premières loges.

— Merci, Gladis ! me suis-je exclamée. C'est un très beau spectacle de Noël !

— **De rien, les filles. C'est tout naturel !**

# Chapitre 8

Minuit

## Villa des Spies, Beverly Hills

Nous sommes rentrées chez nous pile à minuit pour trouver nos paquets au pied du sapin. Mais alors que nous déballions nos cadeaux, nous avons entendu un cri atroce. Un véritable hurlement de bête sauvage.

— Aaaaarrrgh !

— Qu'est-ce qui se passe ? me suis-je inquiétée.

— C'est peut-être un des rennes du père Noël qui a raté son atterrissage, a suggéré Alex.

— Non, je crois que ça vient de chez notre voisine, cette chère Mandy… Allons voir ! a décidé Clover.

— Bouh, hou, hou ! Ouin, ouin !

Mandy était pieds nus sur le trottoir en train de pleurer à chaudes larmes.

— Tu t'es cassé un ongle, Mandy ? a demandé Clover.

— Non, ma mère m'a trahie. Elle a vendu mes bottes à une star qui les voulait absolument. Et maintenant, je suis pieds nus dans la neige, bouh hou !

— Hum, ai-je toussoté, je te signale que nous sommes à Los Angeles. Il fait vingt-cinq degrés et tu es assise dans de la neige artificielle.

— Ouin ! Je suis malheureuse quand même !

Clover a alors fait un geste qui m'a stupéfaite : elle a tendu sa nouvelle paire de bottes Yves Monbleu à Mandy.

— Tiens, c'est Noël, il faut savoir donner et pas seulement recevoir.

Mandy s'est littéralement prosternée à ses pieds.

— Oh, c'est pour moi ? Merci, merci, merci ! T'es la fille la plus géniale que j'aie jamais détestée !

Alex a souri.

— Je te félicite, Clover, quelle générosité !

— Oui, ai-je renchéri, Noël fait vraiment des miracles…

Notre amie a haussé les épaules, modeste.

— Oh, ce n'est rien. Et puis, les bottes Yves Monbleu, c'est complètement dépassé. Regardez, mon père m'a offert des Georgio Vivaldi, le symbole de l'élégance européenne…

Mandy a failli s'étouffer de rage. Elle était encore plus blanche que son igloo en neige artificielle.

— Ça alors, quel culot ! Elle essaie de m'humilier en me refilant des vieilles bottes démodées ! Je vais l'étrangleeeeeerrrrr !

# Table

15 h 27 — Centre commercial de Beverly Hills ..................11
16 h 50 — QG du WOOHP ..................21
19 h 47 — QG du WOOHP ..................31
20 h 23 — QG du WOOHP, dans un placard à balais ..........41
21 h 15 — Centre de détention du WOOHP ..................55
21 h 56 — Salle de lancement du WOOHP ..................63
22 h 34 — En plein ciel, au-dessus de Los Angeles ..................77
Minuit — Villa des Spies, Beverly Hills ......87

***Imprimé en France par* Qualibris *(J-L)***
n° dépôt légal : 78796 - décembre 2006
20.20.1275.01/5 ISBN : 2-01-201275-2
*Loi n° 49-956 du 16 juillet 1949*
*sur les publications destinées à la jeunesse*